Mr. jean jacques
Beauvoisin D'hamars
né en 1769 en 7bre
a D'hamars près Condé
sur Noireau
dept. du Calvados.
demt. rue des cholets n°. 2.

POËME

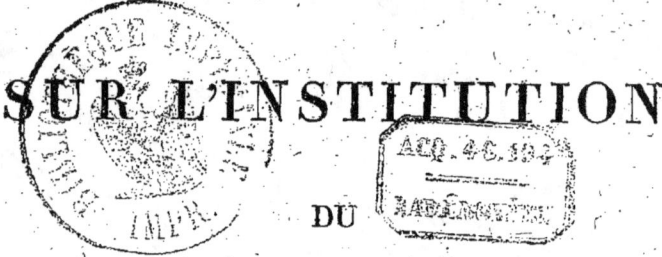

SUR L'INSTITUTION

DU

JURY EN FRANCE.

Cave ne justo justitia noceat.

PARIS,

DE L'IMPRIMERIE DE A. BOBÉE,

RUE DE LA TABLETTERIE, Nº. 9.

1820.

POEME

SUR L'INSTITUTION

DU

JURY EN FRANCE.

~~~~~~~~~

Viens consoler nos cœurs, Fille des immortels,
Le crime impunément profana tes autels !...
Dans tes temples, Thémis, l'ombre de l'innocence,
Plaintive, désolée, implore ta vengeance ;
Le méchant lui ravit et la vie et l'honneur...
Les dieux seraient-ils sourds aux accens du malheur?
A toi seule appartient le soin de sa mémoire,
Son triomphe intéresse et ton trône et ta gloire :
Le crime à la vertu seul imposait des lois,
Condamnait l'innocent, pour usurper ses droits;
D'épouvante et d'horreur la France tributaire
Vit immoler, hélas ! un monarque, un bon père!!!
La vertu, pour refuge, eut le sein des tombeaux,
Et les auteurs des lois devinrent ses bourreaux...
Ah ! dans ces jours d'effroi, le Dieu de la lumière
Refusa son éclat à la nature entière,
Et d'un crêpe funèbre embrassant l'univers,
Un deuil universel étonna les pervers...

Mais l'infâme génie, auteur de tant de crimes,
Veut s'enivrer encor du sang de ses victimes,
Profaner la Justice et corrompre son cours,
Aux pieds fouler nos droits, disposer de nos jours...
A l'ordre est la terreur, le meurtre, le délire ;
Le crime seul triomphe... et l'innocence expire !!..
D'un Prince infortuné voulant vaincre le sort,
Malesherbes s'illustre, et rencontre la mort!..
Combien d'autres martyrs, que la gloire environne,
Parmi les défenseurs des droits de la couronne,
Succombent tour à tour dans ces scènes d'effroi,
Pleins d'un saint héroïsme, expirant pour leur Roi?...
Ah ! si cet acte heureux de la sagesse humaine,
Qu'inspirait aux mortels l'équité souveraine ;
Si la loi du Jury, la plus sainte des lois,
Eût éclairé le sort du plus juste des Rois,
Si la France plaintive, en Jury réunie,
Eût jugé l'innocent, puni la félonie,
Aurions-nous à gémir sur ce funeste jour,
Où le crime immola l'objet de tant d'amour?
Louis, environné de gloire et de tendresse,
Serait encor pour nous un sujet d'allégresse.
Ah ! qui ne fut alors glacé de tant d'horreurs?
Qui ne fut consterné ? qui ne versa des pleurs?
Honneur aux citoyens, dont la vertu sublime
Disputait aux bourreaux la royale victime !
Interprètes sacrés d'un peuple généreux,
Ils couraient à la mort, lorsqu'ils luttaient contr'eux!...

Ils voulaient des vertus rétablir l'harmonie ;
Que la France à jamais bénisse leur génie !
Pour repousser le crime et ses traits odieux ,
Un Jury populaire enflammait tous leurs vœux ;
Cet appel à l'amour, qu'inspirait un bon père,
Fut applaudi du ciel et de la France entière :
Sur le crime on crut voir déjà planer la mort,
Le juste se venger des atteintes du sort :
C'est dans cette attitude , où maître de lui-même ,
Qu'un peuple trouve en soi la justice suprême ,
Qu'on se plaît à bénir ces instituts pieux,
Dont l'équité constante est agréable aux dieux :
Le ciel aime à sourire à ces aréopages ,
Dont les simples vertus sont les seuls apanages,
Où l'homme exempt de haine, indulgent pour l'erreur,
En condamnant le crime a pitié du malheur ;
Mais qui plaint le coupable et punit son offense,
S'enflamme pour le juste en prenant sa défense :
Les vertus de Louis, sa bonté , ses bienfaits
Etaient un talisman sur le cœur des Français :
Sa candeur éloquente, auguste, magnanime,
Dans un beau jour de gloire eût triomphé du crime !...
Ciel ! immoler un prince, objet de tant de vœux,
C'est léguer l'infamie à nos derniers neveux !...
Mais son digne héritier, loin d'armer la vengeance,
Comble l'abîme ouvert, prêt d'engloutir la France ;
Et, marchant sur les pas du chef de ses ayeux,
Nous ramène la paix et l'amitié des dieux.

Souris, Fille du ciel, au sujet qui l'inspire ;
Louis va parmi nous rétablir ton empire :
Révèle à son esprit le secret important
D'offrir à l'innocence un triomphe éclatant :
Que ces actes d'horreur, issus de tant de crimes,
Ces lois teintes du sang d'innocentes victimes,
Retombent dans la fange à la voix d'un Bourbon,
Dont la vertu sublime illustre encor le nom :
Si la raison par fois, au milieu des tempêtes,
Remporta sur l'erreur d'importantes conquêtes ;
Si, luttant, à son tour, contre les passions,
La sagesse ennoblit nos institutions,
Tantôt le fol orgueil, ou le crime en délire,
Tantôt la tyrannie, exerçant son empire,
Vint usurper nos droits, empoisonner nos cœurs,
Outrager la justice et corrompre nos mœurs...
Sous ce funeste empire, une loi juste et sage
Reçut, dans son essence, un criminel outrage ;
Et bientôt le Jury, déchu de sa splendeur,
Offrit peu d'espérance aux larmes du malheur ;
Alors le despotisme, à la forme effrayante,
Renversait à ses pieds la liberté mourante ;
Des lâches, pour de l'or, ou des titres pompeux,
Prévenaient les désirs d'un tyran ombrageux.
Malheur à la vertu, malheur à l'héroïsme,
Quand la Justice enfante ou sert le despotisme !
Héros, dont les vertus brillaient dès le berceau,
Qui t'a plongé, d'Enghien, dans la nuit du tombeau ?...

L'ascendant des grandeurs, l'éclat de la naissance
N'ont pu des coups du crime écarter l'innocence !...
Grand Dieu ! pour obtenir des titres, des honneurs,
Des Français ont osé commettre tant d'horreurs !...

    Victime trop souvent de la vengeance humaine,
Jadis un citoyen, poursuivi par la haine,
Rencontrait, sans frémir, auprès de ses égaux,
Un baume pour son cœur, un terme pour ses maux :
Douze sages, choisis par le peuple lui-même,
Eclairaient, sans orgueil, la justice suprême,
Offraient au prévenu la chance des débats,
Quand même ils l'accusaient de crime ou d'attentats.
Sage institution, ta forme secourable
Rassurait l'innocence, effrayait le coupable ;
L'un redoutait le sort d'un arrêt allarmant,
L'autre seul obtenait un triomphe éclatant :
Vers un autre Jury, le crime, plein de crainte,
De la loi vengeresse allait subir l'atteinte ;
Alors les magistrats, attentifs et discrets,
Eclairaient les jurés sans dicter leurs arrêts.
Depuis ce jour, quel gage un perfide génie
Offrit à l'innocent contre la calomnie ?
Le plus souvent, hélas ! des fers et des cachots,
L'infamie, ou la mort, pour comble de ses maux !
Qui n'a vu, plein d'effroi, l'honneur et la vaillance,
De l'ascendant du crime éprouver la vengeance ?
La candeur innocente, et les cœurs généreux,
Implorer, mais en vain, la justice des cieux ?...

O toi, dont le nom seul rappelle tant de gloire,
Héros cher à la France autant qu'à la victoire,
Devais-tu donc, au gré d'un tyran odieux,
Expier dans l'exil tes exploits glorieux ?...
Ah ! si des sentimens, que le crime te prête,
Un Jury populaire eût été l'interprète,
Loin d'outrager en toi l'honneur de nos guerriers,
Il eût à ta couronne uni d'autres lauriers ;
Voulant flétrir ton nom, que tant de gloire illustre,
La haine à tes vertus offrait un nouveau lustre ;
Elle t'ouvrait la route à de nouveaux honneurs ;
En sauvant ton pays, tu vengeas tes malheurs ;
Sous l'heureux ascendant des fruits de ton génie,
Un conquérant fameux, dont l'audace impunie
Epouvantait les rois sur leurs trônes divers,
Va bientôt de sa chute étonner l'univers...
Sous son sceptre d'airain, la France est asservie ;
Son Prince est dans l'exil, sa liberté ravie :
Tu reviens, comme un dieu, briser le talisman,
Qui soumet ta patrie à l'orgueil d'un tyran.
Qui pouvait l'arracher d'un pareil esclavage ?
Un héros, dont la gloire eut la vertu pour gage,
Et dont le caractère, autant que la valeur,
Pût imposer aux rois un pacte en sa faveur :
L'Europe, si longtemps soumise, tributaire,
Moreau, te doit la paix, et la France un bon père.
Que n'es-tu parmi nous pour faire aimer nos lois,
Aider de tes conseils le plus juste des rois.

Si la haine, explorant les horreurs de l'abyme,
Ose souiller ta cendre, insulter sa victime,
Ah ! si la calomnie, infortuné Moreau,
Va te chercher encor jusqu'au fond du tombeau,
Que ton ombre plaintive, au milieu de ta gloire,
Se rassure sur nous du soin de ta mémoire !
Quand la France te doit la paix et le bonheur,
Tu dois vivre à jamais et régner dans son cœur.
Hélas ! que des humains le destin est étrange !
Pour eux fut-il jamais un bonheur sans mélange ?
Un modeste guerrier, sensible, généreux,
Meurt!..pour rendre aux Français un prince digne d'eux.

Qu'un bon Roi te console, ô ma chère patrie ;
Louis, pour ton salut, veut consacrer sa vie,
Pour ses nombreux enfans, prodiguer, chaque jour,
Les dons de la sagesse et du plus tendre amour ;
Louis, pour ton bonheur, plein de sollicitude,
Va réformer nos lois, objet de son étude ;
Choisir des magistrats bienfaisans comme lui,
Offrant à l'innocence un généreux appui.
De ton culte, Thémis, que l'heureuse harmonie
Pour base ait l'équité, pour guide ton génie ;
Que l'amour des vertus, la droiture et l'honneur
Intéressent le juge et dirigent son cœur :
Ecarte loin de toi ces êtres égoïstes,
Ces esprits pleins d'orgueil, ces éternels sophistes,
Trop loin de la nature et de l'humanité,
Pour juger les humains au poids de l'équité...

L'homme , dont l'existence est utile à ses frères ,
Dont la fortune ou l'art soulage leurs misères,
Est un juge équitable, un ami de leurs droits ,
Un défenseur du trône, un apôtre des lois :
C'est lui dont la justice a l'honneur seul pour gage ,
Dont l'or n'obtint jamais le plus léger suffrage.

Veux-tu donc des humains enchaîner les débats,
Protéger tant de droits contre tant d'attentats,
Puiser tes jugemens dans une source pure ?
Va chercher l'équité dans sa retraite obscure ;
Que l'intrigue impudente, en aiguisant ses traits,
Rencontre son supplice au sein de ton palais.
Jamais les passions et leur funeste atteinte ,
N'oseront pénétrer jusques dans ton enceinte,
Si ; léguant à Louis, parmi tant d'attributs ,
Le don de s'entourer des plus rares vertus ,
Tu viens guider ses pas, éclairer sa carrière ,
Verser sur ses travaux des torrens de lumière,
D'accord avec nos droits , d'accord avec les siens,
Désigner à ses vœux les meilleurs citoyens :
Ah ! loin de son conseil l'orgueil et la bassesse ;
Que Minerve, avec toi, le dirige sans cesse :
C'est du bonheur du peuple et de ses intérêts,
Qu'un roi doit s'occuper, s'il veut régner en paix ;
Est-il jaloux de gloire et du plus tendre hommage ?
Il doit être des dieux la bienfaisante image,
Pour ses heureux sujets inspirer à sa cour
Des sentimens profonds de justice et d'amour.

Qui pourrait altérer l'éclat de la couronne,
Quand la vertu la suit, quand l'amour l'environne?
Ministres, magistrats, organes des bons rois,
Soyez justes comme eux et méritez leur choix;
Mais un emploi si grand veut une âme sublime,
De l'homme exige encor la connaissance intime;
Ah! qui ne l'a connu que dans un livre abstrait,
Est loin du cœur humain d'obtenir le secret.
C'est par des traits divers, pris dans la multitude,
Qu'on peut des passions approfondir l'étude;
C'est sur la scène même, au milieu des acteurs,
Qu'on saisit leurs penchans, et leurs goûts et leurs mœurs:
Tel est l'intérêt seul, ce mobile du monde,
Qu'il offre aux yeux du sage une leçon profonde,
Dont un ministre habile, organe d'un grand roi,
Le vertueux Sully fit un heureux emploi.

J'aime à voir ces mortels, que l'intérêt rassemble,
Que des besoins souvent réunissent ensemble,
Que guident constamment la droiture, l'honneur,
Composer un Jury sage et plein de candeur:
Du sein de leurs rapports, fondés sur l'industrie,
Le commerce, les arts, les besoins de la vie,
Naît ce flambeau sacré, dont l'œil observateur
Se sert pour découvrir tous les secrets du cœur;
Je les ai vus cent fois, guidés par la nature,
Ces esprits sans orgueil, sans éclat, sans culture,
Porter des jugemens sur des cas épineux,
Comme eût fait Salomon, comme auraient fait les dieux:

Veux-tu, dans des arrêts, dictés par la sagesse,
Ramener dans nos cœurs l'espoir et l'allégresse?
Rappelle auprès de toi ces mortels généreux,
Qui veulent que leur frère ait justice comme eux:
Jamais leur sentiment, jamais leur conscience
Ne blessa la candeur, n'outragea l'innocence;
Vainqueurs des passions, ils méprisent leurs traits,
Et l'or, pour les corrompre, offre en vain ses attraits;
A leurs nobles travaux l'équité sert de guide,
Et, du pauvre opprimé, constamment est l'égide;
Le riche et l'indigent, soumis aux mêmes lois,
Trouvent, dans leurs arrêts, le garant de leurs droits.
L'œil abaissé sur eux, du haut de ton empire,
A leurs actes divers tu te plais à sourire :
Tu te plais à les voir, sensibles, pleins d'honneur,
Condamner le coupable et plaindre son malheur.
Mais écarte loin d'eux la funeste influence,
Que trop souvent le juge unit à sa puissance :
Tel est l'orgueil de l'homme au faîte du pouvoir,
Qu'il se bouche l'oreille au cri de son devoir...
Ah ! qui n'a connu l'homme et les traits de sa vie,
Que sur le banc du crime où rampe l'infamie,
Qui n'a du cœur humain sondé la profondeur,
Souvent ne voit qu'astuce où siége la candeur...
J'aime à voir des Pasquier (*) dans la magistrature,
Des savans généreux, amis de la nature;

(*) Etienne Pasquier, avocat général au Parlement de Paris.

Mais j'en veux voir bannir ce sophiste cruel,
Qui, dans tout accusé veut voir un criminel.
　　Salut au magistrat, brillant dès son aurore,
D'un rayon des vertus que l'âge a fait éclore !
Né libre, indépendant, modeste en sa grandeur,
Il a la servitude et l'orgueil en horreur :
L'homme, dont le berceau fut près de la misère,
A honte de son nom, lorsque tout lui prospère ;
Indigent, il était modeste, officieux ;
Riche, il est insensible, arrogant, orgueilleux ;
Avide des honneurs, que la vanité brigue,
Il prend pour sa boussole et l'astuce et l'intrigue ;
Obtient-il des emplois ? il devient un tyran,
Foule aux pieds la justice et la met à l'encan.
Ce fléau des vertus, cet être sans patrie,
Est plus lâche cent fois si son règne est à vie :
Le sort de l'innocence, et la vie et l'honneur,
Sont bien loin, sans argent, d'intéresser son cœur.
Tu veux un sacerdoce aussi juste que sage ?
Hé bien ! au vrai mérite accorde ton suffrage ;
C'est à l'ami de l'homme, aux modestes vertus,
Qu'il faut léguer tes droits avec tes attributs.
J'aime à voir réunis, dans une monarchie,
Les intérêts du Prince et ceux de la Patrie,

magistrat non moins recommandable par ses vertus et les
qualités de son cœur, que par l'étendue de ses connaissances,
tant en matière de jurisprudence, que dans l'histoire du cœur
humain.

Un monarque choisir les organes des lois,
Parmi ceux que le peuple honore de son choix ;
Mais le mérite fuit loin, dans la solitude,
Echappe à tes regards, à ta sollicitude,
Tandis que l'ignorance et l'impudent orgueil
Du palais des honneurs osent franchir le seuil...

Aspirant à la gloire, au triomphe, à l'estime,
Elève de Cujas, par un début sublime,
Veux-tu plaire à Thémis et mériter son choix ?
Consulte la nature et nos mœurs à la fois :
Mais ces sujets sont moins l'objet de ton étude,
Que l'art de t'attirer l'œil de la multitude ;
La douce illusion, les charmes du discours,
Entraînent ton esprit, en dirigent le cours ;
Au lieu de cultiver l'amour de la sagesse,
Qui donnerait des fruits aux fleurs de ta jeunesse,
Au joug des passions, au gré de leurs élans,
Tu soumets tous tes goûts et tous tes sentimens :
Environné déjà d'orgueil et d'égoïsme,
Ton esprit s'habitue aux détours du sophisme ;
Tu vas, loin d'être utile à tes concitoyens,
Nuire à leurs intérêts et mal servir les tiens.
Veux-tu donc sur l'erreur remporter la victoire ?
Dans l'art de nous convaincre il faut chercher la gloire ;
Mais il faut avant tout profondément penser,
Pour obtenir le prix dans l'art d'analyser ;
Appelle à ton secours la nature vivante ;
Elle t'ouvrira seule une route savante :

Empreints dans ton esprit, son image et ses traits
Viendront te révéler ses merveilleux secrets :
Vois ces êtres vivans, dont la chaîne infinie
De la terre et du ciel annonce l'harmonie ;
Mu par l'accord parfait de ses anneaux divers,
Viens dans elle admirer le Dieu de l'univers.
Veux-tu des passions connaître le langage ?
Consulte de nos corps et l'organisme et l'âge ;
Sous le mode divers des différens tissus ,
Elles changent dans l'homme avec leurs attributs :
Ici la fibre grêle, éminemment mobile,
De doux épanchemens le rend plus susceptible ;
Et là les muscles forts, durement dessinés,
Offrent des cœurs plus durs et moins efféminés.
Combien , dans ses regards, ses traits, son attitude,
L'homme offre de sujets dignes de ton étude !
Veux-tu connaître à fond ses goûts et ses penchans?
Cherche-les dans l'instinct des organes des sens ;
L'homme est toujours trahi par ce tyran perfide,
S'il n'a , dès son début, la sagesse pour guide ;
Du temple du bonheur il croit toucher le seuil,
Quand cet aveugle instinct le conduit au cercueil...
Imite Lawater, dont l'étude profonde,
Dont le talent magique étonne encor le monde :
Par un secret divin, que son art a vaincu,
Il voit au fond des cœurs le vice , ou la vertu...
Si tu connais un jour les lois de la nature,
Tu plaindras ses écarts, loin de lui faire injure :

Tu seras digne alors d'aspirer aux honneurs,
De juger ton semblable, et d'épurer ses mœurs.
Et, quand Louis nous rend le bonheur du bel âge,
Tu pourras diriger ce saint aréopage,
Où l'homme exempt de haine, ami constant des lois,
Vient exercer, en pair, le plus sacré des droits,
Où de l'Être-Suprême empruntant la science,
Lit jusqu'au fond de l'ame, ou de la conscience ;
Et voulant distinguer le crime de l'erreur,
Avant de juger l'homme, interroge son cœur.